La carne del cielo

La carne del cielo

Carlos A. Díaz Barrios

Edición: Pablo de Cuba Soria
© Logotipo de la editorial: Umberto Peña
© Ilustraciones de cubierta e interiores:
Carlos A. Díaz Barrios
© Carlos A. Díaz Barrios, 2021
Sobre la presente edición: © Casa Vacía, 2021

www.editorialcasavacia.com

casavacia16@gmail.com

Richmond, Virginia

Impreso en USA

© Todos los derechos reservados. Bajo las sanciones
que establece la ley, queda rigurosamente prohibida,
sin la autorización escrita del autor o de la editorial, la
reproducción total o parcial de esta obra por ningún medio,
ya sea electrónico o mecánico, incluyendo fotocopias o
distribución en Internet.

El lobo a veces mueve la cola como un perro, y ese es el momento en que lo mata el cazador.

I

Contemplo al hombre comiendo su manjar,
lo contemplo,
hasta que lo cubre el vidrio de la noche,
hasta que se le cierran los ojos
con la rabia que tiene
la espuma al cortar el pan.

Porque esto es corto,
cortísimo.
Tan corto como una rosa muerta.
Tan corto como una pared y una lágrima.

Estoy sentado al borde del cuchillo,
sentado como un amigo
que ha llegado tarde a la fiesta,
como un raro amigo

que se le ha caído el rostro
al cruzar la calle.

Perdido el pulso,
perdido dentro de mis espejos,
busco el mar;
busco la mordida exacta.

El pequeño delirio de los pájaros;
la puerta abierta donde el portero
sueña qué hacer;
dónde poner el dedo en el aire,
cómo caminar buscando.

¡Oh, Dios!
con un sombrero de *condottiero*
arrastras a puercos.

Montado estoy en este juego,
montado en la madera que arde.

No soy de este país,
ni del otro.

Me he perdido cuando abría
la puerta de las geografías;
cuando espiaba al cartero
trayendo en su saco
palomas y puñales.

Soy un hombre.
Soy el que recita los versos
porque no cuesta nada luego
el empeñarlos.

Soy el que toca una libra de pan,
el que trae un dedal para la costura,
una mujer para la espuma;
el que va puntual al trabajo
hablando con los muertos
y los amigos.

Pero sigo montado
en el caballito de madera.
Es bueno este corral
con luces y guirnaldas.

Es bueno este banco donde
se empinan los globos.
Es bueno el equilibrio
y su jodida maniobra.

El algodón de azúcar,
el veneno regalado,
porque es bueno lo regalado,
aunque sea veneno.

Ogi tt uuuuu iiiii ooooo ahaa…
¡Qué bien entiendo el idioma de los hombres!

¿No lo habéis visto esta tarde?
Iba montado en un carromato,
y al carromato lo empujaba un perro,
y al perro lo empujaba el viento.

Y la tarde gris con una perla en las manos.
Y las gentes en los balcones
fumaban olorosos cigarros.
Y el verano con su pala de oro
escarbaba en la tierra.

Y el humo del día era hermoso,
como tiene que ser.

Oh, Dios, en la cocina a mi madre
se le ha perdido el rostro lavando los platos,
se le ha perdido el corazón.
Oh, Dios, en mi casa hay una nave
que parte para los ignotos mares del tiempo.

Enarbolo mi sangre y mis dedos,
la cortina del agua que viene bajando.

¿A dónde vamos esta noche,
a dónde voy buscando
una estrella en los dedos?

Oh, Señor,
se me parte el corazón en un latido,
se me borra la cara
mirando por encima de los abetos
la soledad de esta tarde;
una soledad que anda descalza
apagando las velas.

Dios-Señor-Lluvia.
Escarbo la tierra buscando el perdón.
Y no me doy por vencido.

Muelo vidrios.
Masco estrellas.

Cada vez que voy al patio,
la vejez me enseña su arpón
y a veces me hago el muerto.

Pongo los ojos en el plato del diezmo
y miro el recorrido de mis ojos;
van derechitos al altar.
Mis ojos en el altar, al lado del florero,
y el cura con su blusa y sus gordas nalgas,
levantando el cuerpo del misterio.

Y puedo jurar, lo juro,
que lo que está encima
de nosotros son las lámparas
del techo encendidas.

Una mosca.
Una gota de polvo.
Un silencio.

Y la soledad sentada a mi lado
con una cesta de serpientes
mirándome a los ojos.

Yo soy barro.
Soy matorrales.

Yo, mirando al pueblo
aplaudiendo el delirio del poder,
cómo aplaude la puta gloria de los héroes.

Y este señor flaco que va
con esa corona de espinas,
con 34 latigazos de cuero de Judea.

Va llagado y asqueroso.
No es Dios. No es el *orbis perpetum*.
El *tenebrae iluminato*… las colombas.

El divino Platón
escribiendo revelaciones sobre el agua
en una noche de amor.

Quién lo sostiene,
quién le da de beber agua
en un cuenco de lata.

Dónde están las trompetas.

La muralla llena de adelfas,
la terraza donde se sacrificaban los gallos
para que se alejara la tormenta.

La urdimbre de la vieja sangre,
la rueda en el patio
dando las trece vueltas
para edificar las glorias del mundo,
y el espesor de las torres de Jahvé.

El linternero,
el chupatintas de la historia,
el agrimensor que se ha dado cuenta

que el cielo cuenta
para colocar la primera piedra,
para poner los vasos en el altar,
las copas y los instrumentos.

Está solo… ¿sabes?

Está solo en plena oscuridad
como un inocente,
como un hombre que se levanta de la cama
y no encuentra la puerta
para salir de la habitación.

Y los niños en los columpios.
Y las nanas en la costura.
Y el Poder que baila pensando
que todo esto es hermoso.

¡Oh, yo me cambio por él!

Me pongo en el cuello
una vela de satín
para que vuele hacia la cuchilla.

Me pongo al final de las cosas
donde nadie pregunta por nada.

Orbis… Degennerato…. Acattone.
Las malas ortografías de la historia,
de ese latín que ha empezado
a convertirse en lengua romance.

Pero, ¿qué pasa con él?
¿No habéis visto que sufre?
¿Por qué no lo dejan morir?
¿Para qué esa cruz?
Ese color amarillo del cielo.

Yo no me divierto.
Ni aunque me suba en el pulpo
o en la montaña rusa.

Siento un sudor frío,
un miedo de que nadie le dio la mano
para que subiera
la escalera de la eternidad.

Lo tendieron sobre la cruz,
lo levantaron como una bandera,
lo pusieron inmóvil en el aire,
lo dejaron con cuatro clavos y dos ladrones
en medio de los payasos
y los emparedados.

Bello el juego.
Inmobiliaria la estación.

El verbo cuajado,
la aceituna negra del Mediterráneo,
la quilla del galeote,
las cadenas,
la plomada,
y la infalible ramera que siempre aparece
en estas circunstancias
y se remanga las sayas
para secarse las lágrimas.

Ungüentos de Abisinia, mirra negra de Cirenaica,
flores secas para el dolor del alma, incienso Kyphi.

Todo este bazar para mi Dios,
para mi cantar de los cantares,
para tus ojos de gacela,
para tu cuello lleno de collares de perlas
y tu cutis que se derrama en la vida
con las alas del placer.

Os doy mi reino,
mi taza, mi plato y mi camello,
lleno con la nieve que tiene la luna en su borde
luminoso.
Yo le di significado a la palabra amor,
por eso soy eterno.

No he podido regresar,
no he podido cortar el nudo de la primavera,
no he podido ni tan siquiera
caminar de nuevo sobre el agua,
tocar la mano del viento,
detenerme en tu piel buscando la felicidad.

He sido siempre el callado,
el que parte el pan en la mesa

y se da cuenta
de que el pan es mi cuerpo,
es mi abrigo, mi deseo.

Felices los mortales…
Felices de no tener
que sentarse en el desierto
a ver el brillo de la luna,
a contar las sombras,
a recordar las nubes.

Todo hombre está solo
en el patio de su casa
mirando por la ventana
la oscuridad de su rostro.

Todo hombre ha dejado su abrigo
para caminar desnudo
hacia la Muerte.

Labré la sala de mi casa
buscando los frutos del paraíso,
pero solo encontré

el silencio de mi madre.

Solo vi el amanecer
cuando entornaba la puerta,
cuando me sentaba en la silla,
y me daba cuenta
de que la silla estaba muerta.

Todo estaba muerto
en aquellas cuatro paredes,
en aquel fogón
donde la tarde dejaba
su dedo de espuma.

Yo, el caminante,
y la locura de mi madre.

Mi madre caminando
con un pájaro muerto en el pecho.

Mi madre contando las monedas
tan invisibles como el perdón.
Mi madre llorando cuando regreso

y llorando cuando me alejo.

Pobre madre,
cruzando el oleaje de la casa
con un vestido viejo.

II

Los atletas con sus lanzas
y sus aros de plomo,
viendo como él pasaba por los lados,
dejando a su paso un charco de brillantes
sobre el lomo del aire.

Y en el huerto, las pomeranias
tenían granos de sal
en vez de semillas.

Ducit opummensis,
ditirumbusiet,
argonatiem...

Pregona el pregonero
en este sabroso latín

con declinaciones bárbaras.
Pregona el viento
sorprendido entre las hojas, desnudo.
Pregona el brillo del manto de Antipas
que de lejos viene caminando
sobre el brillo de las pezuñas de los toros.

El mediodía se vuelve blando
como los ojos de un ciego
al lado del mar.

Y la estrella constelada se pone de lado
para que la oscuridad saque una mano
con una piedra negra
donde debía estar la sortija.

Y el que hacía cestos vio cómo el mimbre
se llenaba de hormigas.

Se hablaba en las extrañas lenguas de las colonias,
las *opuntias clorias* derritiendo la nueva lengua,
el pregón de los sumisos,
el brebaje de los sabios.

Y el calor en las albercas tenía un traje de humo.
Y el perro de Pilatos se negó a comer palomas.

Vomitó el perro un raro cilindro,
un anillo de hierro
y una hoja de nomeolvides.

Y la esclava que hacía el pan
vio dentro del horno
una cruz de madera incorruptible,
una lágrima encima de las llamas
del color del amanecer.

Y el que cortaba las palmas
se dio cuenta de que su cuchillo era de cristal,
del color de las levaduras.

Y el que tocaba el arpa,
cuando fue a tocar un pasaje sagrado,
se dio cuenta que sus uñas eran rojas
como las uñas de las rameras fenicias.

Y el que domaba los caballos en los establos,

cuando abrió la gran puerta del establo,
vio un campo de avispas
y un niño enmascarado
con un cardo en las manos
mirándole a los ojos.

Y el que estaba de acuerdo con todo,
esa tarde bajo su almohada
encontró un escorpión acabado de nacer
sobre las plumas de una paloma,
y se dio cuenta
de que no estaba de acuerdo con nada.

Y el que pedía limosnas
a las puertas de Samaria,
vio como en su cesta
había extrañas monedas de oro
con nubes volando por el aire.

Y el que blasfemaba se dio cuenta
de que su lengua en el suelo se retorcía
como una serpiente con alas.

Y el que llevaba a la dama al solárium,
se dio cuenta con pavor
de que la pasajera era un bloque de hielo
con manos de carne.

Y el que cuidaba los puercos,
malditas bestias que solo se les daban
a los condenados por alevosía,
esa tarde se dio cuenta que los puercos
eran carneros que saltaban
los charcos del horizonte.
Y el que fabricaba los escudos
esa tarde vio a la Medusa
con los ojos cubiertos de llanto.

Y el que fornicaba con su amante,
vio que la amante tenía
los muslos llenos de clavos.

Y el legionario que cuidaba
el Muro de los Lamentos,
vio que entre las piedras
brotaba un manantial de agua helada.

Y el que dormía la siesta desnudo,
al despertar nunca supo
quién era el que estaba en la cama.

Y él sintiendo que la rosa náutica
era una *periculosa fera*...

Ese era el futuro de todos los hombres
que no hicieron nada.

—Esperar a que se muera, dijo la muchacha.

Y luego, echó a correr desnuda
para la casa de los espejos,
para verse en él
las mil caras y los mil hijos
que tendrá su vientre hasta llegar a mí.

Non erat illi fera mens;
Sed humani generis.
Maximus robore,
Firmum munus...
Vexilli custos.

Illustris animo.
Non fuit acies periculosa.
At ejus Bellona corripuit…

Siempre el latín, el mal latín,
y el bello estandarte del guerrero en el poniente
cuando la luz pasa dando gritos,
cuando en la casa de enfrente descubre
que la oscuridad es la luz.

Sentado en el centro de la tierra
me doy cuenta que se me perdieron las manos,
me doy cuenta que el camino a Samaria
es un camino de arena, sal y cenizas.
Todo lo que pasa, sucede;
y que lo que sucede, si pasa,
es algo casi nunca acordado.

Escuchad amigos,
escuchad una plegaria
al lado de la oscura maniobra
por donde el amor cobra sus besos.

Escuchadla al lado de esta tarde
que pasa con su mano blanca,
por el medio de la cara
de cualquier hombre desesperado.

He subido por la gran escalinata de alabastro,
he cruzado por la puerta de clavos relucientes
buscando el gajo del agua
para colgar mi alma.

En esta casa mi padre y mi madre,
y también mi perro,
dejaron sus vidas,
dejaron los muebles
y el canto casi sagrado del amanecer;
dejaron los libros,
la chaqueta doblada,
los zapatos bajo la cama.

Dónde están los amigos,
¿a dónde se fueron?

Aquí no hay nadie.

Nunca hubo alguien que te dijera
que el tiempo es un asesino,
que el rostro del Padre
es un relámpago.

Nunca hubo alguien
en el borde sereno de la otra orilla,
en el jardín donde la vida
lava sus máscaras.

Nunca hubo alguien en la muchedumbre
vociferando en el mercado,
en la casa del mago,
en la casa del que hacía ayunos.

Nunca hubo alguien
delante del rostro del que ha muerto.

Nunca hubo alguien
cuando el corazón pierde su brillo,
cuando la tierra levanta su mano.

Por eso espero a la clara doncella

de cuerpo antiguo, llena de veneno,
espero al plato blanco y al cuchillo clavado
en la espalda del camarero.

Espero el perdón de los viejos pecados
para que nazcan los nuevos.

Espero por el horror del "por si acaso".
Espero, siempre espero,
porque vivir es recoger
las alas del suelo.

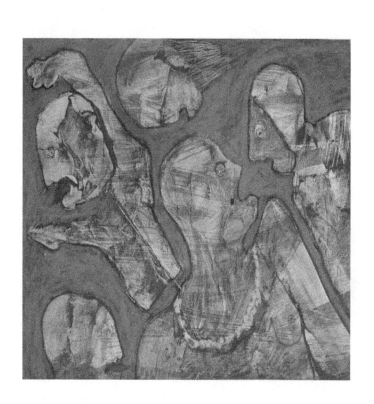

III

No bailes más en este reino,
en esta puerta abierta
al brillo de las estrellas.

No quiero ir al fondo de la cocina,
no quiero vigilar el pan
y su caballo blanco.

Todo ha sido consumado.

La muerte con sus rodillas blancas
camina sobre un sofá de hielo,
pasa el pasador de la ventana,
pone su mano con siete anillos
al borde del poniente.

La muerte suspira.
La muerte sabe el secreto
que nadie sabe.

Pero yo no me arrepiento
de haber nacido.
Yo no me arrepiento
de tocar el color del aire al amanecer,
de respirar en sus muslos
toda la suavidad que tiene la vida,
toda la playa caminada
contando los granos de arena.

Me divierto y luego sufro,
pongo sobre mi alma
su balanza y su sombrero.

Dispongo los platos,
las servilletas, los cuchillos.

Miro el resplandor de las sillas,
el mantel impoluto y su música.

Somos trece, creo yo.
Trece piedras en las manos de la eternidad,
trece banderas relampagueantes en el patio.
Trece.

El verano en la sala llora despacio
y yo contemplo sus lágrimas.

Ya me estoy vistiendo,
ya cojo el traje.

No me arrepiento
de haber tomado el agua al borde del cielo
en la casa de la ladera que da al valle.

No me arrepiento de haber encendido
la luz que otros apagaron.

No me arrepiento de arrepentirme
de lo que uno nunca se arrepiente.

Empiezan los aplausos,
las linternas se encienden.

Alguien habla por su celular,
diciendo cosas extrañas,
dice mi nombre,
y el silencio me toca la mano.

Levanto la cabeza,
el sol en lo alto del cielo es blanco
como el cuerpo desnudo de una mujer.

"Cuando se nace espuma
uno debe estar en la cima de las olas",
escucho decir a alguien.

Siento miedo,
el miedo terrible,
el miedo cotidiano,
el miedo urbano,
el miedo que siente un tigre
mirándose a un espejo.

¡Amén!
En la mesa alguien viró
la sal sobre mi mano.

IV

Dichoso ese discurso,
esa forma de hablar con los muertos,
ese dedo levantado contra la cara del que huye,
ese manto morado, esa corona,
y esos zapatos limpios de perseguidor infalible.

No me escondo,
no aporto nada al perseguido,
a la sombra en el agua,
a la espiga en los labios.

Delante de mí están los fusiles
para el fusilamiento;
y el muro detrás.

Yo escojo.

Deslizo mis manos
por la pared del muro,
por los ladrillos,
por el cemento que parece tener vida
en su ramaje sin pájaros.

Busco, busco,
busco la forma que tiene la luz
al tocar la tierra.

Me queda poco tiempo,
he pedido que regalen mis zapatos.

El capitán es un hombre pálido,
los soldados son de plomo
y llevan plumas vistosas en los cascos.

He escogido este lugar,
mis manos se detienen en esta mancha de musgo,
no hay miedo, solamente espero
el golpe total de la noche.

Alguien ha empezado a cantar,

escucho las palabras volando sobre mi cabeza,
escucho el sonido del metal al hundirse
en la carne de una mano;
el sollozo de alguien que estaba cantando
sobre la invisibilidad y la materia.

Ya nada entiendo.

La Muerte en el patio se sienta
con un cigarro en las manos.
Su blanco rostro está lleno de sudor,
no parece alegre,
no parece tener el sartén
cogido por el mango.

Ella y yo nos parecemos,
nos hacemos invisibles en el llanto
y en la perfección del llanto.

Ya estamos en el medio,
el borde no existe,
solamente el medio,
¿debo gritar?

¿debo levantar la cabeza?

El medio sigue en su sitio,
y antes de que venga el fuego,
siento como la primavera
levanta su mano.

He mirado todos los rostros.
No he reconocido a nadie.

Índice

El lobro a veces mueve la cola... / 9
I / 11
II / 29
III / 41
IV / 47

Últimos títulos publicados por *Casa Vacía*

Pablo de Cuba Soria
Res adentro
(poesía)

Pedro Marqués de Armas
Artaud en La Habana
(ensayo)

Ramón Hondal
Prótesis
(poesía)

Javier L. Mora
Manejos del ojo
(poesía)

Francisco García González
Nostalgia represiva
(cuentos)

Jorge Brioso
El privilegio de pensar
(ensayo)

Hugo Fabel
El día de la marmota
(poesía)

Arturo Dávila
Tantos troncos truncos
(poesía)

Luis Carlos Ayarza
Escrito a pluma
(diario)

ANTHONY HOBSON
Cyril Connolly como coleccionista de libros
(memorias)

ROMÁN ANTOPOLSKY
Alegorías de lejos
(cuento, poesía)

ROLANDO JORGE
Obstrucciones
(poesía)

IDALIA MOREJÓN
Una artista del hombre
(novela-poema)

ATILIO CABALLERO
Franjas
(narrativa, testimonio, crónica)

ROLANDO SÁNCHEZ MEJÍAS
La condición totalitaria
(ensayo)

DANIEL DUARTE DE LA VEGA
Dársenas
(poesía)

ROBERTO MADRIGAL
Diletante sin causa
(crónica, artículos)

RENÉ RUBÍ CORDOVÍ
Todos los rostros del pez
(poesía)

JOSÉ PRATS SARIOL
Erótica
(cuento)

JAVIER MARIMÓN
Témpanos
(poesía)

CPSIA information can be obtained
at www.ICGtesting.com
Printed in the USA
BVHW071321260421
605863BV00004B/691